취한밤들

Drunken Nights

홍윤재 수필집

취
한
밤
들

Drunken Nights

홍
윤
재

수
필
집

Drunken Nights

우주북스

서문

벌써 일 년 하고도 반이 지나갔다.
처음 책을 쓰자고 이야기가 나온 날로부터.

호기로웠다.
내 이름으로 된 책이 나온다는 건,
부끄럽지만, 상상만으로 황홀했다.

무지의 용기로 써 내려가고 얼마 지나지 않아 바닥이 보였다.
내 안에 많은 이야기가 있고, 그 이야기를 잘 보여줄 수 있을 거라 착각했다.
아니, 틀렸다. 그것은 어렵고 나는 지나치게 가벼웠다.
나의 가벼움이 부끄러웠고, 화가 났다.

한동안 쓰지 못했다. 쓰기 어려웠다.
내 이야기를 누군가에게 다 까발린다는 거…
하하 너무 웃음만 나왔다.
생각보다 더 힘들더라.

"나 이런데, 너도 그렇지?"라고 물었는데 "아니오"라는 대답이 나올까 두려운
것보다 "난 이런 사람이에요"라고 이야기하는 게 더 부끄럽고 어려웠다.

어려운 시작이었지만, 꾸역꾸역 내 이야기를 담아봤다.
그냥 나에게 했던 이야기들을 솔직하게 적어보자 마음먹었고,
가볍지도 무겁지도 않은 딱 내 무게만큼의 이야기를 적었다.
20대부터 지금까지의 취기 어린 말들, 마음들

그렇게 살아온 시간들이었기에,
내 마음은 하루에도 수십 번 바뀌고,
수백 번 그 다짐들을 바꾸며 살아왔다.

그냥 그런 이야기를 하는 거다.
매일 마음이 달라지는 게, 당연한 거라 생각한다.
가벼운 게 아니라 변하는 순간에 가장 가까이 있다, 불안하기에.

어린 나이에 취해 있었고,
이제야 조금 아는 나이가 되었는데,
술에서 깨는 것은 좀처럼 쉽지가 않다.
아직 취하고 싶고,
취하면 편하다는 걸 알지만,

이제는 조금, 맨 정신으로 살아가야 한다.

흔들리고, 결심이 자주 바뀌고, 실수가 잦고,
미래에 대한 포부가 컸다가 작아짐을 반복하고,
자주 욱하고, 사람들과 어울리기 좋았다가,
어느 날부터는 그냥 혼자만의 세계에 들어가고,
그런 행동들이, 생각이, 어쩌면 당연하다는 말을 하고 싶다.
술에 취한 듯 우리의 감정은 자주 요동치고 흔들린다.
흔들리는 우리들이, 당연하다고 이야기하고 싶다.
10대 후반부터 30대까지, 감정에 의해 화르륵 불타올랐다가 산산이 부서져
버리는 순간이 많다. 그런 결정과 마음가짐으로 나의 마음은 위아래로 요동쳐
왔고, 어떠한 고집으로 그것을 믿고 버텨왔다.
주변 어른의 말이나. 잘 나가는 사람의 충고로, 좋아하는 누군가에게 맞추기
위해, 그렇게 나를 바꿔왔다. 그런 결정이, 잘못된 것은 아니라고 이야기하고
싶다. 그때의 나는 감정이 쉽게 휘몰아쳤다가 쑥 빠지곤 했다. 내가 맞다고
이야기를 하는 게 아니라, 그래도 틀리진 않았다고 이야기하고 싶다.

청춘 안에서 할 수 있는 모든 감정을 충실히 써본다는 거.
그렇게 술에 취한 듯 살아본다는 것.

우리만 가능한 특권이다.

목차

오 늘 하 루

펑장히 크고 화려할 줄 알았다.
준비하며 꿈에 찼고,
그 꿈이 현실이 될 줄 알았고,
그래서 너무 웅장하면 어쩌지 걱정했다.

별 거 없다.
조용하고, 작다.
쉽게 커지지 않고,
간단히 피지 않는다.

오랜 시간 기다렸다 피어도
결국 한송이 꽃에 불구하다.
오랫동안 웅크리다 일어서도
너는 그냥 너일 뿐이다.

그렇게 알고 있으면서도
다시 한 번 맞닥뜨린 현실은 여전히 씁쓸하다.
식은 커피를 마시는 것만 같다.

스스로의 욕심에 대한 것인가-
하고 나니 더 새롭고 큰 걸 해 보이고 싶다.
힙하고 핫한 그 무엇을,
사람들이 쉽게 관심 갖는 그런 것들.

정은 가지 않겠지만
그냥 휘갈겨놓은 예술이
더 빛나 보이는 경우가 많으니.

이런저런 생각들이 마주하는 하루다.
들풀 같은 그림과, 조용하고 고즈넉한 오늘이다.

아름다운,
불안

양귀비를 그리기 시작했다.
예쁘고 화려한 모습을 좇아 시작한 일이지만,
그리는 동안 나는 화려함에 멀어 놓쳤던
어떤 '불안함'에 더 끌리게 되었다.

자세히 들여다보았다.
조용하고 또 잔인하게.

이내 알게 되었다.
불안함은 화려함 속에 감춰져 있다는 것을.

불안함을 감추기 위해 화려함을 펼치는 순간.
그것이 내가 처음 반한 양귀비의 모습이었다면,
지금의 나는 그 안에 감춰진 것에 대한 이야기에 집중한다.

아름답지 않으면 선택받지 못하는 사회.
우리는 그 불안함을 타인에게 감추려고
두터운 분칠을 하고 있는 것이 아닐까.
남들의 시선으로부터,
스스로를 바라보는 시선에도 자유롭지 못한 채.

나를 나로 바라보기.
너를 너로 바라보기.
솔직하기.
그렇게 다시 시작했다.

깊숙하게 감춰져 있는
솔직한 나와 너의 모습을 마주하고 싶다.

좁은 방

내게 적합한 방이에요.

필요한 모든 것은 갖추고
필요 없는 것은 다 버렸죠.
큰 주방이 필요하지 않아요, 큰 식탁도요.
그런 것은 애초에 들여놓지 않았어요.

혼자 밥을 먹고 혼자 술을 마시거든요, 집에서는.
그래서 화려한 세팅을 하지 않았죠.
좁은 동선이 익숙해서
손에 잡히는 곳에 모든 걸 두어요.

물건을 늘어놓지 않고 켜켜이 쌓아두고요.
비어있는 공간을 찾아볼 수 없죠. 꽉 채운 방이에요.
아… 물론, 저도 큰 방이 있었음 조금 여유를 뒀겠죠?
불필요한 식탁도 필요할 거예요, 넓었다면요.

솔직히, 오랫동안 좁은 방에 살다보니
이 안에서 행복을 느끼는 내 마음이 편해서,
그렇게 편함을, 아름다움을 찾으려 해요.

다르고 큰 것에 대한 무의미함을
지적하고 업신여기게 되네요.
그래야 좀 마음이 살만해서요.

익숙해져서 그런가 봐요.
좁은 방이, 이런 현실이.

그러다 보니 자꾸 좁아지네요.

쩌 —— 억

갈라지는 순간들

잡고 있던 무언가를
내가 아닌 남에 의해서
떨어지는 순간에 나오는 소리

촉 촉
축 축

촉촉함을 바랐던 삶이었지만
생활과 함께 축축해진다.

일상의 시간을 겪으며 말라버리는 과정에서
아직 끝내지 못한 기억에 바짝 말라,
버리진 못하고 쩐덕해지고 꾸덕해진 이야기

재밌어서

하는

일

어릴 때 무엇을 왜 하느냐고 물으면 "재밌어서"라고 답했다.
"그것은 아무 목적성도, 이유도 없이, 그냥 대답이 싫어서 하는 것"
이라는 지적을 받았다.
진짜 좋아한다면 꼭 이유가 있다고.

"왜 해요?"라는 질문에
여전히 가장 적당한 답을 찾으려고 내 안을 뒤진다.
이리저리 뒤져서 소박하지만 대단한,
섬세하지만 직설적인 대답을 찾아낸다.

오늘도 물어본다.
"왜 뛰어요?"

그냥 재미있다.
그게 전부다.
나는 재미있는 무언가를 가질 수 있는
인생을 가졌다는 것에 감사하다.

헤어짐

가볍자 않은 기억에 상실감은 배가 되었다.
서로의 보내는 방식은 너무나 달랐다.

믿기지 않는 현실 덕분인지,
굉장히 힘들다가도 아무렇지 않아지곤 한다.
아직 귓가에 생생히 들린다, 날 부르던 소리가.
기억이 흩어지기도 전인데
몸은 잡을 수 없다, 이미.

살아가는, 아니
버티는 이야기

평범하다. 아무것도 없다.
버티는 거다.

술 마시며 얘기한다.
"우리는 꿈이 있다."
그렇게 자위를 한다.

하지만 우린 이렇게 산다.
어제도, 오늘도,
내일도 별다를 것 없을 거다.

남들이 볼 땐 아집이지
내가 볼 땐 집념이고, 희망이야.

뭔가 색다른 희망이 있다고 이야기하며,
당연히 없을 수도 있다는 핑계로
스스로 오르내림을 잡아본다.

내 글씨체가
마음에
들지 않는 당신께

내 글씨체가 마음에 들지 않는 당신께

내 글씨체가 마음에 들기 않는 당신께

내 글씨체가 마음에 들지 않는 당신께

내 글씨체가 마음에 들지않는 당신께

내 글씨체가 마음에 들지않는 당신께

내 글씨체가 마음에

내가 쓰고 있는 글의 글씨체가
마음에 들지 않는다고
꼰대 짓 말아주세요.

살아오면서 썼던 글이 다른 만큼
글씨체 또한 다르거든요.

조금 어긋나고 어리숙해 보여도,
한 자 한 자 소중하게 꾹꾹 눌러쓰고 있는걸요.
그러니 함부로 판단하는 것은 무례한 거예요.

한 번 옆을 봐요.
예쁘게 쓰는 사람,
알아보긴 힘들지만 열심히 쓰는 사람,
느려도 꾸준히 쓰는 사람
다양한 사람들이 있어요.

나는 그냥 나의 속도로,
내 솔직한 이야기를,
하루하루를 꾹 꾹 눌러쓸 뿐이에요.

- 꼰대 중에 꼰대가

좋 — 은
사람으로
남고 싶어

"모든 사람에게 좋은 사람이지 않아도 돼요.
그냥 자기 모습대로 살아가요."
라고 이야기하죠.
그래야 편하다고.

알아요, 편해지는 거.
근데요, 어떤 사람은 그냥
모두에게 좋은 사람으로 남고 싶을 수 있잖아요.

취한밤들

우리가 함께한 취한 밤
서로 뒤엉키고 싸우고 지랄했던 하루하루
그만큼 많이 마셨던 그날들

그렇게 오늘이 왔는데,
어제의 숙취가 너무나 크다.

맞는지 아닌지
잘 모르겠지만

'지금 사는 세계가 내 세계가 맞을까'
반복되는 생각.

앞으로 나아가는 건 말도 안 되고
나아가는 무언가를 억지로 쫓아가려 발버둥 치고,
진정한 무엇을 바라는 건 욕심이 된 지금.

앞에서 무언가를 만들고 끌고 가는 소수의 인간은
지금 내가 보는 방향보다 훨씬 더 먼 거리에서
편안한 걸음을 걷고 있고,
아무리 뛰어도 따라잡을 수 없는
그런 인간이 되어 버렸다.

'이게 실패였다'라고 생각하는 부류는 좌절하고,
더 뒤처지고 계속 후회하고 자책하는 삶을 살아갈 뿐이다.

방향이 맞는지, 어디로 가는지도 모르는 것, 곳.
그런 고민이란 하지 않는 주변과의 어울림,
무엇이 맞는지 틀린 지 이야기할 수 없을 정도의 허영.

즐길 뿐, 그것이 맞는지 아닌지는 다음에 이야기할 수 있도록,
오늘 이렇게 즐기면 좋다,
라는 스스로에 대한 믿음만 갖고 살아낼 뿐.

너를　만나고
내 삶이
조금 기울었어

그날 봤던 거 같아
네가 퉁명스럽게 버티는 것도,
조금은 강하게 이야기 하는 것도,
불만이 많은 모습도,
그게 원래 너인냥 행동했어.

근데 그때 뭔가 울컥하더라
일부러 그렇게 버티며 사는 거 같다고,
상처받지 않으려 상처주며 살고 있다고,
혼자 어려운 건 가지고 가고
남들에게 편한 것만 넘겨준다고.

이게 사랑인지 모르겠어.
연민일 수도 동정일 수도,
하지만 그게 무엇이든 간에
거기에 마음이 동한 건 사실이야.

너를 본 이유로 내 삶이 조금은 기울어졌어.
오른쪽인지 왼쪽인지 모르겠어,
그게 좋은 건지 나쁜 건지도.

흔들리지 않으려 억지로 힘을 주고 버티고 있거든.

근데 단지 네가 눈에 밟혀서 다시 원래대로 서있진 못하겠어.
안아 들어올리고 싶은 마음은 굴뚝이지만, 참고 있어.
일어날 수 있었으면 해서,
다른 방향이라도 당당히 걸어갔으면 해서.

자랑하고
싶은　게
아니야

나는 누구한테 자랑하려고 하는 게 아니야.
나에게 부끄러워서 하는거야.

내가
책을
쉽게 고르는
이유

누군가 물어봤어요.
책을 되게 쉽게 고르더라고.

"어떤 책을 고르는 건 그리 중요하지 않아요.
그 한 권으로 내 인생이 크게 변하지 않거든요.
고르다 보고, 경험하다 보면 변해 있을 거예요.

그래서 그냥, 예쁜걸로 골라요."

헤어짐이
익숙한
나이

만남보다 헤어짐이 많아지는 나이가 되었다.
헤어진다는 건 참으로 절차가 복잡하구나.

삶의 기록에 대한 서류, 죽음에 대한 서류,
그리고 후생에 있을 방 한 칸 마련해야 하고,
그 방을 잡기 위해 순서도 지켜서 기다려야 하고,

이걸 다 하고 나서야,
마음의 정리를 할 시간이 오나 싶은데,
슬퍼할 겨를도 없이 들어오는 살아온 기록에 대한 정리.

마음으로 잊고 마음으로 보내야 하는데,
그렇게 보내는 건 한참이 지나야 가능할 것 같다.

쉬운, 불

쉽게 타오르는 불이 좋다.
쉽게 타오르는 불이 불안하다.

쉬워서.

술 을
마신다

잠깐의 기분을 위해
술을 마신다.

잠깐의 행복을 위해
술을 마신다.

누군가는 담배를 피겠지.
그럼 어때,
잠시라도 행복을 느낄 수 있다면.

담배를 피지 않던 나도
담배를 피고 있다.

봄

봄이 온 줄 알았다.

유난히 추워서 였을까,
머리로는 분명 아닌 걸 아는데
조금의 따뜻한 온기에
이제, 봄이 온 줄 알았다.

움츠렸던 몸과 마음이
따뜻함에 취해
차가웠던 겨울은 잊고
뛰어놀았다.

행복했다, 오랜만에 마주한 봄은.
금방 꽃이 필 줄 알았다.

봄이 아니었다, 아직.
잊어버리려 애썼다, 겨울을.
이 따뜻함이 지속될 거라 믿었다.
하지만 겨울은 끈질기게 봄을 밀어내고 있다.

그렇게 밀려난 봄,
그렇게 잃어버린 봄,

이제 봄이 오는 게 겁이 난다.

담백한
너

봄, 여름, 가을, 풍성한 추억을 가진
담백한 네가 좋다.

겨울아

혼　　밥

친구에게 오늘 만나지 못한다고 이야기했다.
이유란 게 왜 필요한지는 모르겠지만,
그 이유를 요목조목 설명해 줬다.

혼자서 밥을 먹고 있다.
밥이 먹고 싶었다 혼자서,
맛있는 밥, 유명한 맛집 음식이 아니어도,
그냥 혼자서 먹는 밥.

김밥O국에서 순대국밥을 먹고 있다.
깊은 맛이라곤 찾아볼 수 없는 국물,
다대기라고 나온 고춧가루 덩어리는 색소의 뭉침,
간을 맞추기 위해 나온 새우젓은,
물에 희석을 시킨 것 마냥 아무런 맛도 없다.

'이거면 됐다' 라는 생각뿐이다.

다른 약속이 있는 것도,
맛있는 걸 먹고 싶은 것도,
좋은 곳을 가고 싶은 생각도 없다.

그냥 오늘은 혼자 밥을 먹고 싶었을 뿐이다.

무의미하다
느 껴 진
순 간 들

살아가는 시간이 무의미하게 느껴지는 순간이 있다.

확실하게 무언가가 풀리지 않고,
그 상태로 며칠 몇 주 몇 달간 이어지면,
제대로 소화시키지 못한 것처럼 마음이 더부룩해
자꾸 내가 살고 있는 삶에 대해 생각하곤 한다.

무엇이 잘못되어서 그런 건 아니다.
그냥 지루한 시간들이 이어지고,
무엇을 위해 무엇을 향해 살고 있는지,
결국 죽어야 한다면, 왜 그렇게 살아야 하는지,
그렇다고 그냥 이렇게 있기에는 굉장히 지루하고 답답하기만 한데,
그럼 또 무엇을 행해야 하며,
그것을 행했을 때 살아야 하는 목적을 찾을 수 있는지,
그런 어린애 같은 생각을 다시금 한다.

모르겠다.
전혀.

아마 이런 상황들이 반복될 테고,
예전에도 왔던 생각이지만,
나이를 먹고 나니,
그 생각들이 조금 더 지루하게 싸운다.

지독하고 지루하게 싸운다.
지루하게 산다.
지루하게 움직인다.

그렇네.
지루해서 그렇구나, 내가 지금.

새로울 거
없는
　　　새해

2021년 1월
한 살을 더 먹었다.

서른다섯이 된 나는
나이를 잘 모르는 때가 늘었다.

어느 순간부터
새로운 사람을 만나
나이를 말하는 순간이 사라졌다.

성격 탓에 새로운 사람을 잘 만나지 않고,
꾸준히 만나던 사람을 만나니
나이를 소개할 만한 자리가 없다.

그러다 보니
"너 몇 살이었지?"라는 말에,
한동안 곰곰이 생각해야 한다.

'서른셋인가, 서른넷인가.'

중요한
무　엇

무언가를 대할 때
가장 중요하다 생각하는 건,
시작하기 전,
그리고 끝난 후의 집중 아닐까.

소중하다면.

너 랑
있 는
순간들

아침에 일어나
따사로운 햇살을 맞이할 때,
비가 미친 듯이 오는데
집에서 그 소리를 들으며 앉아있을 때,
시원한 파도 소리를 들으며
해가 지는 걸 보고 있을 때,

길을 가다 문득 하늘을 봤는데
끝이 어딘지도 모르게 파랄 때,
그런 순간들이 최고로 벅차다고 느껴지던 나였는데,

널 만난 후부터 그 순간들이 너무 평범해졌다.
너랑 있는 순간들이 너무 눈부셔서.

애초에
나 는

작은 바람에도 상처 입던 어린 날이 있었다.
속삭이는 소리에도 상처 받았고,
멀어지는 거리만큼 나를 구석으로 몰던 날들.

내가 존재해도 되는 것인가에 대한 고민.
피어날 수 있는 것인가,
피어나도 되는 것인가,
애초에 나는 필 수 있는 존재인가.

a형입니다

소심한 a형의 변명이랄까,

내가 지금 하는 핑계들은,
내가 소심한 a형이라 그래.

내가 기분이 상하고, 삐진 건,
내가 a형이라 그래.

네가 이해해 줘
나는 a형이잖아.

가끔 남들이 정해놓은 나의 혈액형 형태가 좋다.
굳이 이해시키지 않고도,
그냥 통용되는 a형이라는 사람으로
넘어가는 순간들이 고마울 때가 많다.

오늘이

참

길 다

하루가 일주일 같다.
큰 우울감이 순식간에 덮친다.
이렇게 마음이 간단히 바뀔 수 있는 것인가.
한동안 불안에, 초조함을 얹고 잠들겠지.

너를 얻기 위해
많은 시간이 걸렸고,
너를 잃기는 참 쉽구나.

밤새 수분 가득한 찝찝한 열기로
밤을 지새우는 기분이다.

그런 음악이
좋다

조용한 멜로디에
담백한 가사로 쓰여진
솔직한 음악을 듣는다.

기승전결이 보여지는 건 아니고, (좀 약해도)
클라이맥스로 소리를 질러 보인다거나,
웅장해지지 않고.

그냥 담담하게
'나 어떡하죠 그대가 보고 싶어요'
'봄날 초저녁처럼 벅찬 내 맘 있으니'
'자다 깼는데, 문득 니 흔적이 보였어'
뭐 이런 솔직한 이야기의 노래를 주로 듣는다.

귀에 조용하고 나지막하게
속삭이듯 머무르는 바람 같은,
그런 음악이 좋다.

어제보다
오늘　더
무 섭 다

나이를 먹음에,
상처를 받는 게,
심지어 그 상처를 받을 걸 예상하고,
그게 고통스럽다는 걸 알기에

더 조심스럽다, 참.

상처가
느는 게
겁난다

아, 참 안는다 요즘.
클라이밍 한 지 3년이 넘은 지금
참 안 늘어서 답답하다.

예전보다 상처들은 줄었다.
실력이 조금 늘어서 덜 다치는 것도 있지만
그것보다 덜 다치기 위해 노력해서가 더 크다.

초반엔, 뭣도 모르고 미친 듯이 매달리고 뛰었다.
겁이라는 걸 저 밑에 넣어두고 그렇게 뛰었다.
상처가 깊고 많이 생기면서 실력은 빠르게 올라가더라.
상처가 늘어난 만큼 딱 올라가는 거 같다.

조금씩, 다치지 않는 범위 내에서 뛰게 되고,
다치겠다 싶으면 놓아 버리게 되었다.
이제 조금 알다보니깐.

조금만 더 덤비면
분명 잡을 수 있을 텐데

아픔을 알고 나니
쉽게 던지지 못하겠더라.

자체
휴무

가끔 혼자 쉬는 시간을 가집니다.

누군가랑 이야기하고 마음을 나누다 보면
내 안이 텅 비어 가는 느낌이 들어요.

말도, 마음도, 양이 정해져 있다고 생각해요.
쓰면 채워줘야 하고, 채우면 써서 버려야 하고,

사람들과 이런저런 이야기를 나누고 나면
그 버려진 말들에 공간이 생겨
의미 없는 말과 마음을 뱉는 경우가 생겨요.

떨어졌다 싶으면,
조용히.

채우러 갑니다.

마라톤을
좋아해

'신체적으로 고통스럽다'
라고 생각하면 무조건 마라톤이다.

마라톤은 반복이다.
꾸준히 같은 속도로 뛰지 않으면,
완주 자체가 힘들다.

발바닥에,
발등에,
발목에,
종아리에,
허벅지에,
엉덩이에,
허리에,
팔에,
그리고 머리까지 전해지는 반복을
버티긴 쉽지 않다.

완주를 목전에 두고도
포기하는 사람이 생긴다.
이 지겨운 반복 행위는
인간의 의지를 나약하게 만든다.

가도 가도 끝이 없다.
팻말로 5km, 10km, 15km 표시하지만,
21km 하프 마라톤을 완주하는 것과 다르다.

'이렇게 힘든데 아직 이것밖에 오지 않았다'
라는 생각이 드는 순간 모든 게 무너지고
그냥 하기 싫어진다.

내가 왜 뛰고 있는지 모른다면,
'빨리 포기하고 맥주나 마셔야지'
라는 생각만 드니깐.
계속된 반복, 그걸 견딜 수 있는 의지.
이게 없으면 안 되는 운동이라서
마라톤을 좋아한다.

얼마만큼 준비해왔고,
그걸 또 끝까지 이어 갈 수 있는지,
의지와의 싸움이기 때문에.

게다가 마라톤은
어느 지점이 끝이라는
완주라는 이름을 쥐여주고
쉴 수 있게 해 준다.
우리 인생과 다르게.

천천히 준비해서
꾸준히 해나가는 동안,
분명하게 성장해 있고,
뛰다 보면 언젠가 도착한다.

참 정당하고 솔직한 운동이다.
꾸준히 해나갈 거고,
끝까지 달릴 생각이다.

혼자 고민하고 실패하고,
기다렸다 다시 시도하고,
완전히 끝까지 내 속도로
갈 수 있는 모든 것을 사랑한다.

이유의
이　유

우리가 헤어진 이유?

너는 내가 좋아하는 노래를 하나도 함께 듣지 않더라.

그냥 그런 생각이 드는 거야,
나는 네가 좋아하는 노래를 들어주고 있는데,
넌 왜 내가 좋아하는 노래들에 대해 관심도 가져주지 않는 거지.

그렇게 '넌 날 사랑하지 않을 수도 있겠다'
라는 생각을 하게 된 거야.

별 이유가 없어서 미안.

시간의
상대적
속　도

'무한도전' 10년은 길고 더디게 갔는데
'런닝맨' 10년은 순식간이다.

나이를 먹으면 시간이 빨리간다는 걸 실감한다.

나는
　　지금,

가끔씩 들어오는 나에 대한 생각들.
언제나 같은 질문인데, 정답은 쉽게 내려지지 않는다.

5년 전, 10년 전, 같은 질문에 나의 정답은 다 달랐다.
그렇기에, 지금에 와서 다시 고민하고 있는 것이 아닐까.

이 고민의 답을 내리면,
생각이 바뀌고 내가 바뀔 것이다.

나는 지금 행복한가

문

(희망)

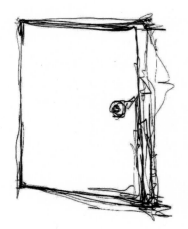

오래되었다.
이 문을 열어야 할지,
연다면 언제 열어야 하는지.

이 문은 내게 엄청 무겁고 거대하며
손잡이를 잡을 수 없을 만큼 뜨겁거나 차가울 수 있다.
그것은 시작이기도 하고, 끝이기도 하다.

이 문은 다른 문보다 더 많은 고민을 했고,
지금도 어려워하고 있으며, 오늘 당장 열지 못하는 문이다.
많은 시간을 고민해온 문이기에 훨씬 더 무겁다.

문 틈으로 새어 나오는 빛에 희망을 가졌다.
'저 문을 연다면 따뜻한 무언가가 날 맞이해 주겠지?'

하지만 기대가 크고, 고민하는 시간이 길어질수록,
'깊은 절망과 좌절을 줄 수 있겠구나'라는 생각이 덮쳤고,
결국 몇 년 동안 문을 열지 못하고 있다.

너무 궁금해 가끔 귀를 대고 들어보기도 하고,
문 틈으로 몰래 훔쳐보기도 한다.
하지만 아직 확 열어젖힐 용기도, 배짱도 없다.

저 문, 아니 이 문을 여는 순간,
나는 조금 바뀌어 있겠지.

문 2

하나 더 이야기하고 싶다.

'저' 문에서 '이' 문으로 바뀌었던 순간 많은 것이 변했다.
멀게만 보이던 문이, 멀어서 작게만 보였는데,
다가가는 순간 생각보다, 크고 차가웠다.

'반기지 않는 것은 아닐까?'
라고 스스로에게 질문하며

아직도 그 앞에 겁먹고 서성이고 있다
돌아서지도 못하고.

취한밤들 2

오랜 시간 취한 밤을 살아왔다.

하고 싶은 것들,
하고 싶은 것들,
하고 싶은 것들,
만 하면서.

오랜 숙취에 시달렸고,
다시는 취하지 말아야지 다짐하며,
그 술이 깨는 시점이 오면,
'잠깐만 더 취해보면 어떨까'
라는 생각을 한다.

취하면 더 편하니깐.

뭔　가
있어보인 척
살아온
사람의 현실

글을 준비하면서
'나는 참 말재주도 없고, 글재주도 없고 뭐도 없다'
라는 생각을 하게 된다.

글을 쓰고
장이 넘어 갈수록,
너무 형편없게만 느껴지고,
내가 처음 가지고 있던 장황한 생각이,
한 페이지로 밖에 정리가 안되는구나 하는 생각들

가지고 있는 생각들은 너무 얕고,
고르는 단어들은 단순하다.

평범하게 살면서,
사색에 빠진 척 살아온 티가 확 난달까.

정신승리

매주 로또를 산다.

로또가 돼서 인생이 바뀌는 소망도 있지만,
어렵다는 걸 알기에 확인조차 잘하지 않는다.
그래도 매주 로또를 산다.

로또가 안되면, '어떤 행운이 있으려고'라고 생각한다.
조그마한 좋은 일에도 '이러려고 로또가 안 됐구나, 다행이다'
라고 감사해하며 지낸다.

그러면 생각보다 하루하루가 감사하고
선물 같은 일이 많이 벌어지고 있다는 걸 알게 된다.

물론 로또가 된다면 가장 좋겠지만 말이다.

오늘도 사러 가야지.

정신승리 2

'오늘 기분 좋아 보이네?'
'음 오늘 아침에 사과를 깎는데
껍질이 한 번도 끊어지지 않고 깎이더라고.'

아침에 사과를 잘 깎아서 오늘 하루 기분이 너무 좋다.
반대로 잘 깎이지 않아도 액땜했다 생각하고 기분 좋게 지낸다.

겨우 하루인데, 굳이 나쁘게 지낼 필요 있을까?
사과 하나 잘 깎아서 기분 좋을 수도 있지!
이유 붙이기 나름이다. 내 하루니깐.

아침에 한 번에 눈이 떠져서,
해가 너무 좋아서,
한 번도 깨지 않고 자고 일어나서,
전기장판이 정말 적당한 온도이기에,
뭐든, 아침을 시작하기에 기분 좋은 이유들은 많다.

맑음

날이 좋아서
꽃을 샀다.

오늘 만나는 사람에게
꽃을 준다.

웬 꽃이야?
그냥, 날이 좋아서요.

이 죽일 놈의

런   닝

뛰는 건 정말 단순하다.
별다른 생각 없이 '달린다' 하나면 된다.
뛰면서 풍경을 기억하는 경우는 거의 없다.
내 발을 보고, 앞사람을 보는 게 전부다.
그렇게 그냥 무작정 달린다.

숨이 미친 듯이 차고,
다리가 움직이지 않는 순간까지 뛰면,
'이만큼 뛰었는데 포기해야 하나, 가야 하나?'
포기도 쉽고, 끝까지 달리는 선택도 쉽다.
그냥 내 몸으로 내가 결정하는 것이기에.

누가 더 뛰라고 이야기하는 것도,
그만두라고 말리는 것도 아니라,
그냥 내가 뛰고 싶어서 계속 달리고,
포기하고 싶을 때 그냥 포기하면 된다.
생각보다 간단하고,
어렵지 않은 운동이 좋다.

끝나고 나서, 그냥, 단지, 버텼다 라는 성취감 하나뿐인
이 죽일 놈의 런닝.

꾸준히
달리기

내 삶을 새로 시작하는 거야,
풍경이 너무 좋다, 행복하다.
뛰면서 소리라도 질러서 스트레스 풀어야지,
어제 있던 일, 뛰면서 잊자.

뭐 이런 생각 해본 적 없다, 뛰면서.

커다란 목적이 있는 건 아니다.
약속을 정해놓고, 그 약속을 어떻게든 지켜내려는 것.
그거 하나로 달리고, 참고, 달린다.

힘든 약속인 줄 알면서,
스스로 계속 약속을 잡는다.

강해지기 위해
솔직하기 위해
부끄럽지 않으려고.

달린다, 계속.

잠깐만

놓을게요

어느 순간 잡고 있던
감정의 손을 놓는다.

너무 꽉 잡고 있어서,
놓는 순간 많은 감정이 흘러들어가

저리다, 마음이.

나도 사람인지라
할 때까지 해보지만,
그러나 터져버리면 위험한 걸 알기에
중간에 힘을 풀어 조금 놓아버리는 순간이 있다.

그때,
상처 받은 사람들에게 미안하다.
상처 받을 사람들에게도 미안하다.

그 순간에도 잡았어야 했는데
내가 살아보려고 그렇게 놓아버린 게.

소심한 나는 또 그렇게 마음의 상처를 입는다.

색깔

빨강, 노랑, 파랑, 초록,
확실한 색들이 있다.

사람을 고를 때,
사랑을 시작하려 할 때,
나는 정확한 색이 될 때, 그때 시작한다.

파랑이 되어가는 사이의 색,
빨강과 주황의 중간, 그 언저리.
뭐 그 색들이 색이 아닌 건 아니다.

하지만 내 마음의 색이 정확해질 때
그 색이 '탁'하고 빛날 때.
그렇게 선택한 결정은 잘못된다 해도, 기분 좋더라.
단지 나랑 맞지 않을 뿐, 나쁜 색은 아니었다.

사람을, 사랑을 고를 때,
정확한 색이었으면 한다.

그 선택은 깨져도, 후회가 적다.

감정과
몸이
　　어긋날 때,
나에게
　　물어본다

제대로 끌리지 않을 때,
감정이 앞서고,
모든 게 무겁게만 느껴질 때.

물어본다,
억지로 끌고 가고 있는 건 아닌지.

별,

들

내 주위가 어두워지니깐,
조금씩 보이기 시작하더라.
칠흑 같은 어둠에서 헤맬 때 알겠더라.
내 옆에 빛나는 별들이 많았다는 게.

밝을 땐 미처 알지 못했어.
나 혼자만 빛나는 별이겠거니 생각했어, 미안해.

이제야 알겠어.
별은 하나만 존재하는 게 아니라,
밤하늘엔 빛나는 별이 너무 많다는 걸.

내가 이기적이었어.

조 용 히
올려다본
밤 하 늘

그냥 별을 보러 간 오늘

조용하고 어두운 밤하늘 아래
그렇게 올려다본 가장 밝은 하늘,

쏟아지듯 많은 별들에
울컥했다.

자아성찰

나는,
내가 보는 나보다
남이 보는 내 모습이
더 맞다고 느낍니다.

어쨌든, 의도가 뭐든,
그렇게 느끼면 그냥 그런 것 아닐까요.

자아성찰
(생겨먹은 모양새)

난 내가 어떻게 생겨먹은지 몰라요.
근데 주변 사람들에게
이런저런 소리를 많이 들어요.

흔들려서 내가 누군지조차 몰랐어요.
이대로 살다가, 틀렸다고 말하면 저대로 살다가,
자주 바뀌가면서 그렇게 살았더라고요.
어렵진 않았어요, 가벼워서.

그렇게 흔들리다 보니 어느 순간 내가 없었어요.
많이 고민했죠. '나는 누구인가' 뭐 그런 고민이요.
내가 누군지 아는 건, 혼자 고민해서 될 게 아니더라고요.

타인의 목소리를 자세히 듣기 시작했어요.
내가 누구인지, 나는 어떤 사람인지.
깨지고, 부서지고, 다시 붙었어요.

'아, 내가 이런 면도 있구나' 하고 생각됐죠.
내가 어떻게 생겨먹은지 아는 건, 중요하니깐요.

자아성찰
(끓어오르는 방법에 대해)

쉽게 달아오른 마음은,
끝까지 '꽉'하고 끓어오른 기분은,
그렇게 뜨겁게 끓는 게 목적인 마음은,
금방 식어버리더라고요.

감정도,
결정도,
행동도,
천천히 올라,
서서히 뜨거워지는 게 좋아요.

항상,
나에게 물어봐요.

'지금 이건 쉽게 끓은 건 아닌지'

짧기에
더욱
소중한

가을이 없이 추워진 요즘,
오랜만에 선선한 가을 냄새에,
지나가 버렸다 생각했던 가을에,

너무 고마운 하루다.
가을이,
네가.

선택

자주 하는 질문 중 하나는,
지금 이 선택이 내 선택인가다.

맞고 틀리고의 문제보다 힘든 것은,
누군가에 이끌리고 떠밀려 한 선택에 대한
어중간한 후회다.

설령 실패해도
진짜 내 생각을 이야기하고,
진짜 내 감정을 토해내고 싶다.

조금씩
천천히
더 솔직한 선택을 하고 싶다.

오늘도
내　가
살만한 이유

하루하루 살만합니다.

항상,
최악을 상상하거든요.

욕심

한 사람의 마음에 들어간다는 건,
들어가서 자리를 차지한다는 건,
참 힘든 거 같아요.

그 사람은 울컥울컥
전의 흔적이 떠오르나 봐요.
훅하고,

나는 누군지 생각해요.
물론 입 밖으로 꺼내진 못해요, 겁이 나서.

아… 참 쉽지 않네요.
기다려야겠죠, 오랜 시간을?

흔적이, 나로 채워지기를.

쿨하지
못한
　비밀

사실

많이

사실,
너무나도 많이,

외로워서요.
그래서, 많이 기댈 곳이 필요해요.

그게 또 그 사람들에게 부담될까 봐서
두려워요, 미안하고.

그래서 오늘도 외로워요.

쿨하게요.

모두의

착

각

처음 시작한 도자기는
내 마음이 안정되지 않을까로 시작했죠.
흔히들 그러잖아요.
그림을 그리든, 도자기를 빚든, 글을 쓰든
이 모든 것들이 마음을 정리하고,
편안해지기 위해 한다고.

아니요.
그림을 그리고, 도자기를 빚고, 글을 쓰려면,
그전에 내 마음이 안정이 되어있어야만 해요, 먼저.
더 격하게 안정된 상태여야지만,
흔들리지 않고 만들어 낼 수 있어요.

하루는,
흔들리는 마음을 잡아보려고,
힘들었지만 억지로 공방을 간 적이 있어요.
물레를 차며, 날 좀 안정시키려 했지만,
흙이 뒤틀리고, 손에 힘은 일정적이지 못하고,
감정이 더욱 휘몰아쳤죠.
결국 만들긴 했지만, 만들지 않음만 못했죠.
그냥 하루가 크게 뒤틀려 버린 느낌이었어요.

마음의 안정이 필요해서 뭔가 하려면,
다른 걸 하세요.

자만심의
핑   계

결정을 하기 위해 찾는 핑계들,
그냥 마음 가는 대로 움직이고,
결정이 맞는지, 차분히 기다려보라.

절대 내 결정은 틀리지 않다는 걸 알 것이다.

※아, 물론 다를 순 있다.

완벽한
과정이
아니라도
도자기는
만들어진다

물레로 자기를 만들고, 말린 다음 깎는 작업을 한다.
처음부터 꼬이고 어긋난 것을 풀어주지 않고,
그냥 넘어가 버리면 깎는 과정에서 툭툭 걸린다.
심한 곳은 그냥 뜯어지고 찢겨져 버린다.

꼬인 곳이 있다면,
그 상태에서 잠시 가만히 기다려준다.

툭 툭 툭, 계속 걸리고, 툭툭 벗겨진다.
하지만 기다려준다.

찢어질지도 모르고,
내가 한 행동이 부끄러워 넘어가고 싶지만, 기다려준다.
그래도 덜 꼬여 있다면, 다행히 정리가 되고, 조용히 넘어갈 수 있다.
너무 꼬여 버린 곳은, 되돌릴 수 없다.

잘라내서 버리든가, 그냥 구워 버리든가.
그냥 굽는다고 도자기로 만들어지지 않는 건 아니다.
도자기는 어쨌든 완성은 된다.

내 인생도 그러지 않을까.
둔다면, 그냥 살아지는 대로 살아간다.

하지만 스스로에 대한 삶의 욕심에,
나에 대한 결벽으로,
스스로에게 많은 질문을 던진다.

'괜찮아? 이렇게 넘어가도?'

그럼에도
나 는
솔직한
나만의
도자기를
빚고 싶다

도자기를 빚으며,
삶의 꼬인 부분을 있는 그대로 마주하지 못하고,
그냥 넘겨버린 건 아닌가 생각한다.

잘만 칠하고, 예쁜 곳에 둔다면,
그냥 그대로 아름다울 순 있기에,
어긋나고 꼬인 부분들을 못 본 척하고 넘긴 건 아닌가.

제대로 된 나를 빚으려는 건 이제 욕심인 거다,
밑에서부터, 속에서부터 꼬여버린 나 자신을,
다시 아무것도 없다는 듯이 빚어보려는 건,
분명 자만일 것이다.

지금부터라도 걸리는 거에 대해서,
꼬여버린 나에게,
제대로 마주 할 수 있게,
그렇게 살아야지.

조금은 괜찮은 자기를 완성할 수 있다면,

좋겠다.

안개꽃을
좋아하게
되었다

안개꽃을 좋아했다.
화려하지 않아서.
그냥 보고 있으면 안쓰러워서.

다른 예쁘고 화려한 꽃들을 볼 때마다,
뒤에 묻혀서 배경이 되어주고 있는 안개꽃이 안쓰러웠다.
안개꽃만 한 뭉텅이를 샀다.
그게 주인공인 것 마냥.

그렇게 나는 안개꽃을 좋아하게 되었다.
그렇게 나는 안개꽃을 좋아하는 척하게 된 것이다.

파도가
지나간 후,
홀로
　　남겨졌다

텅, 하고 비어 버리는 순간들이 있다.
큰 파도를 맞은 순간이 아니다.

파도가 지나가고,
그냥 텅, 하고 모든 게 고요해지는 순간.
고요함이 지속되는 순간들.
그때부터 내 마음은 더 요란하게 흔들린다.

파도가 요란하게 쳐댈 때는 참아낼 수 있다.
이것만 지나가면 괜찮겠지, 이 파도를 즐겨내면 되겠지.
그리고 조용한 순간이 순식간에 스며들고,
나는 아주 잠깐이나마 그 순간을 즐겼다.

파도가 요란하게 치고 난 밤이면,
그렇게 고요함이 찾아온 날이면,
두려워진다.

파도가 다시는 치지 않을까봐.
그 파도를 그렇게 그냥 넘어가 버린 내가 너무 한심하다.

그럴 거면 계속 조용했으면 좋았잖아.
계속 고요했으면 좋았잖아.
왜.

가을

잠깐 앉아서 숨을 크게 쉬어 본다.
살짝 서늘한 바람이 폐로 들어온다.

가을이네.

가을이야.
가을이다.

무너질
이 유

무언가에 대해서 크게 자신감이 없는 편이다.
말은 굉장히 그럴듯하게 하지만,
실제로 제대로 행동하지 못한다.

그래서 많은 것에 두려움을 느끼고,
여러 가지에 아픔을 느끼며,
조그마한 거에 실망한다.

어느 순간 생각했다.

나에게 모델을 하자고 했던 분들과,
나에게 연기를 하자고 했던 분들과
나에게 전시를 하자고 했던 분들과,
나에게 글을 쓰자고 했던 분들을.

그들은 날 믿어 주고, 그들은 날 응원한다.

모든 사람에게 잘하는 사람이 되고 싶었던 순간이,
나를 무너뜨렸다.

무너질 이유가 있었나?

아, 밤공기가 참 좋다.
여름이 지나고 가을이다.

누구도
관심없는
내 이야기

제 장점이요?

성실함이요.

그냥 울컥하고,
덜컥 화가 났다

꿈을 좇는다는 핑계로
포기하지 못하고 그렇게 10년.

함께 고민해주고,
함께 힘들었던,
이야기를 나눴던 사람이
하나 둘 돈을 번다는 이유로 떠났다.

그 사람들이 듣기 싫어하는 말을 끄집어내
고의로 말싸움을 만들고, 감정을 상하게 했다.
그렇게 찾아온 혼자의 시간에
부끄러움에 계속 내게 말을 걸었다.

나만 잘못된 오기를 부린 것 같은 불안.
다른 사람을 욕보여서라도 인정받고 싶었다.
그렇게라도 해야 내가 정당하다 느낄 것 같아서.

각자의 시작은 다르고, 모두의 선택은 제각각이다.
누구도 나와 너를 비교해 판단할 수 없다.

그냥 나는 나고, 너는 너다.
단지 그것뿐이다.

틀

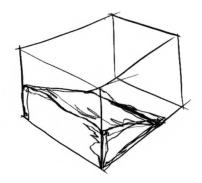

네가 나에게 만들어준 틀 안에서 안전하게 사랑했어.
시간이 지날수록 그 틀은 내게 너무 커다라서
그 틀에 맞춰야 한다는 생각에 힘이 들었어.

많이 모자라서 이쪽 면을 보고 싶어 할 땐 이쪽으로,
저쪽 면을 보고 싶어 할 땐 저쪽으로,
나 스스로 멀미가 나는 순간이 오더라.

차라리 그 박스보다 훨씬 거대한 사람이었으면,
좁다는 핑계로 벗어버리고 나가버렸을 텐데.

나는 몹시 작아서
그 안에서도 찰랑거리는 정도라
쉽게 던지지 못하겠더라,
그 말을.

벗는
부끄러움

참 부끄럽다.
이렇게 발가벗고 있는 게
더 적나라하게 벗고 달려야 함을 알지만
처음부터 입고 있던 옷이 있었기에
벗는다는 건, 부끄럽다.

스스로 이야기는 한다.
내가 조금 더 솔직하다고,
하지만 잘 갖춰 입은 사람들 앞에서
나 혼자 벗고 있다는 것은,
놀림감이고, 끝내는 외롭다.

벗고 있는 사람들과 함께 이야기하는 즐거움도 있지만,
가끔은 저렇게까지 드러내야 하나 하는 생각에 역한 경우도 있다.
그 역함은, 내가 저 사람보다,
더 벗어야 하는데 하는 욕심이기도 하다.

벗는 게 아직 어색하기 때문이겠지,
그냥 벗어야 한다는 인식만 가지고 살고 있겠지.

입은 사람과 벗은 사람,

어느 그룹에도 속하지 못해서 참 외롭다.

내, 방

방이 필요한 이유

마음 놓고 있을 공간이 있다는 것
들어왔을 때 가장 그대로의 모습으로, 머물 수 있는 공간
내가 내게 이야기하고, 내가 나를 마음껏 안아줄 수 있는 곳

방이란 건, 그래서 소중합니다.

꽃 에
대 한
이야기

피는 순간에 관심이 가는 건 어쩔 수 없잖아.
누가 뭐라 해도 피는 순간이 가장 화려하니깐,
그리고 그 반짝임에 눈이 멀어
제대로 된 식별이 어려워지는 것까지.

* 화려하다:

1. 환하게 빛나며 곱고 아름답다.

2. 어떤 일이나 생활 따위가 보통 사람들이 누리기 어려울 만큼 대단하거나 사치스럽다.

가을이
　　다...

가을이 왔다.

자의보다
날씨로 인한
마음의 여유가 생겼다.
그래서 가을이 좋다.

아침의 공기가 차가워지기 시작했다.
두꺼운 이불과 찬 공기
아침이 조금 더 개운해졌고
밤은 조금 더 맑아졌다.

걸어가는 길이 아름답게 보일 수 있다는 것
그냥 가을이기에 가능한 거다.

길지 않다는 것을 알기에
이 가을을 즐기는 것
그것도 내가 꼭 해야 될 일이다.

피고
싶어

모든 꽃은 피는 시기가 제각각이다.
분명히 그렇게 알고, 믿고 있다.

꼭 화려하게 피는 꽃만 있나?
그렇지 않은 꽃도 있다.
그리고 늦게 피는 꽃도 있다,
라고 스스로 위로했지만

아니, 난 그냥 지금 피고 싶어
지금 피고 싶어
지금 피고 싶어
지금 피고 싶어

격하게.

추천글

'취하다!'

참 매력적인 단어입니다. 무엇에 쏠리어 넋을 빼앗기다. 간결하지만 강렬합니다. 시에 취하고, 음악에 취하고, 사랑에 취해 비틀거리다 자기 자신에 취해버린, 어리지도 늙지도 않은 한 청년의 취한 밤을 읽고 있노라니 그의 속삭임에 덩달아 취하게 됩니다.

사각사각 펜이 종이를 긁어 대는 소리, 캔버스에 물감이 덧칠해지는 소리, 혼자 우두커니 앉아 또르르 빈 잔에 술 따르는 소리가 그의 속삭임과 함께 들려옵니다. 그 속삭임에 끌려 취해 비틀거리다 보면 어느새 그 청년과 마주 앉아 있게 됩니다.

병표, 한별, 윤재라는 세 개의 이름을 거쳐 모델에서 연기자로 그림을 그리다 글을 쓰고 있는 소년 같은 얼굴의 서른이 훌쩍 넘은 청년이 내 글씨체가 뭐 어떠냐며 지적질하는 사람들을 향해 투정을 부리다가 인생의 고비를 다 지나 안식을 찾은 노인 같은 표정을 짓더니 어느 결에 사랑에 취해 흐느낍니다.

거창할 것도 대단할 것도 없지만 솔직해서 아름다운 마음을 만나 덩달아 취해버렸습니다. 어쩌면 이 글은 세상 사람들에게 하는 말이 아니 자기 자신에게 가장 솔직해지기 위한 것이 아닐까 생각해 봅니다. 어느 취한 밤의 혼잣말처럼요.

글을 읽다 누군가는
어머나, 이거 내 일기장 아니야?
조금은 놀랄 수도 있을 겁니다.
우리 모두는 모두 무언가에 취해서 비틀거리고 있으니까요.

병표이기도 하고 한별이기도 한 윤재에게 축하 인사를 대신해 이 글을
보냅니다.

- 배우 길해연

취한밤들

초판 1쇄 발행 2021년 12월 23일

지은이 홍윤재
일러스트 홍윤재
책임편집 박현민
디자인 이용혁 이소영(찰리파커)

펴낸이 박현민
펴낸곳 우주북스
등록 2019년 1월 25일 제2020-000093호
주소 (04766) 서울시 성동구 왕십리로 125 PO322
전화 02-6085-2020
팩스 0505-115-0083
이메일 gato@woozoobooks.com
인스타그램 woozoobooks
홈페이지 woozoobooks.com

ⓒ홍윤재 2021

ISBN 979-11-967039-7-4 (03810)